PRÓXIMA PARADA ALFAGUARA

ALFAGUARA

Título original: *A KISS FOR LITTLE BEAR*
© Del texto: 1968, ELSE HOLMELUND MINARIK
© De las ilustraciones: 1968, MAURICE SENDAK
© De la traducción: 1995, MARÍA PUNCEL
© 1981, Ediciones Alfaguara, S. A.
© 1987, Altea, Taurus, Alfaguara, S. A.
© De esta edición:
   2004, Santillana Ediciones generales, S. L.
   1995, Grupo Santillana de Ediciones, S. A.
   Torrelaguna, 60. 28043 Madrid
   Teléfono 91 744 90 60

• Aguilar, Altea, Taurus, Alfaguara, S. A. de Ediciones
  Beazley 3860. 1437 Buenos Aires
• Editorial Santillana, S. A. de C.V.
  Avda. Universidad, 767. Col. Del Valle, México D.F. C.P. 03100
• Distribuidora y Editora Aguilar, Altea, Taurus, Alfaguara, S. A.
  Calle 80, n° 10-23. Santafé de Bogotá, Colombia

ISBN: 84-204-0202-8
Depósito legal: M-28.050-2004
Printed in Spain - Impreso en España por
Unigraf, S. L., Móstoles (Madrid)

Primera edición: 1981
Vigésima edición: septiembre 2004

Diseño de la colección:
JOSÉ CRESPO, ROSA MARÍN, JESÚS SANZ

Editora:
MARTA HIGUERAS DÍEZ

Un beso
para Osito

Else Holmelund Minarik

Ilustraciones de Maurice Sendak

UN BESO PARA OSITO

—Este dibujo me ha quedado
muy bien —dijo Osito.

7

—Hola, Gallina.

8   Mira, este dibujo es para la Abuela.

—Oye, Gallina, ¿quieres llevárselo?
—Bueno, se lo llevaré —dijo Gallina. 9

A la Abuela le encantó el dibujo.
—Este beso es para Osito —dijo.

—Gallina, ¿quieres llevárselo?
—Sí, con mucho gusto —dijo Gallina. 11

Por el camino, Gallina
se encontró con unos amigos
y se paró a charlar con ellos.
–Hola, Rana.
Tengo un beso para Osito.

Se lo manda su Abuela.
¿Se lo quieres llevar tú?
—Muy bien, yo se lo llevo
—aceptó Rana.

Pero en su camino encontró
un estanque.
Y se detuvo para nadar.
—Hola, Gato.
Tengo un beso para Osito.

Se lo manda su Abuela.
¿Quieres llevárselo tú?
¡Eh, Gato!
¡Estoy aquí, en el estanque!
Ven, acércate y toma el beso.

15

—Pues... —dijo Gato,
pero se metió en el agua
para recibir el beso.

Gato encontró un lugar comodísimo
para dormir un ratito.
– Oye, Mofeto,
tengo un beso para Osito.

Se lo manda su Abuela.
Por favor, sé buen chico
y llévaselo tú.

A Mofeto le gustó encargarse
de llevar el beso de la Abuela;
pero en el camino se encontró...

..con la pequeña Mofeta.
Y Mofeta era tan guapa
que le dio el beso a ella.

Mofeta lo recibió
y enseguida se lo devolvió.

Y Mofeto lo recibió
y, al momento,
se lo volvió a dar a ella.

Y justo en aquel instante
apareció Gallina.

—¡Hum...! Demasiados besos —dijo.

—¡Es el beso que la Abuela le envía
a Osito —dijo Mofeto.

—¡Sí, eh! —exclamó Gallina—.
Bueno, y ahora ¿quién tiene el beso?

Mofeto lo tenía.
Gallina lo recogió
y se lo llevó.

Fue deprisa
hasta donde estaba Osito dibujando
y se lo dio.

—Es de parte de tu Abuela
—explicó Gallina—, para
agradecerte el dibujo
que le mandaste.

—¡Llévale otro beso de mi
parte! —pidió Osito.
—¡Ni pensarlo! —contestó Gallina—.
Se arman unos líos espantosos.

29

LISTA
DE INVITADOS
OSITO
SR. y SRA.
OSO
ABUELA
y
ABUELO
OSO
EMI
LUCÍ
PATO
GALLINA
BUHO
RANA

Mofeto y Mofeta decidieron casarse.

Fue una boda preciosa.

Asistieron todos sus amigos.

Osito fue el padrino
y besó a la novia.

CON CARIÑO
DE OSITO

FIN

Este libro se terminó de imprimir en los talleres gráficos de Unigraf, S. L. Móstoles (Madrid), en el mes de septiembre de 2004.